Gina -La vecchina impicciona-

Maurizio Spreghini

~ 2 ~

Isbn **978-0-244-25288-5**

1a edizione Gennaio 2020

Alla grande Gina,

un'asina dal cuore d'oro

Indice

Introduzione

Ci sono cose che andrebbero solo vissute, altre basta ascoltarle nel cuore per renderle eterne, come del resto avviene nelle giornate d'inverno, quelle così rigide da far raggrinzire la pelle per il vento da nord. Immaginate quel continuo vociare del cielo, sussurri che spazzano via nuvole e coprono i visi di sorrisi per lo star bene. Incessante quel vento che gela ogni poro della pelle se si è fuori, ma che amiamo perché dà vita inaspettatamente, creando dal nulla spettacoli naturali che coprono tetti, strade e visi all'insù di candida neve. I fiocchi leggeri che cadono dal cielo, raccontano sempre qualcosa di vero da lontano. D'un tratto si passa dalle giornate delle coccole dentro le mura di casa, dei camini accesi e del dolce star bene a quelle delle corse sui prati innevati, dalle molteplici precauzioni prima di oltrepassare la porta al viso paonazzo per il tanto freddo. Giornate che andrebbero vissute, o in cui bisognerebbe fare attenzione se qualcuno le raccontasse. Verità col pelo da cavalcare e con cui star bene, da rendere patrimonio per l'umanità nel loro silenzio mentre tutto si riscopre di bianco. Ecco l'ho detto, col pelo, dagli occhi grandi e lucenti col cuore d'oro. Momenti in cui la fantasia si mescola con la realtà, dove tutto è possibile se il mondo fosse per un attimo coperto dalla tanta cattiveria. Poi, come per magia, lo si vive se affiorano all'orizzonte personaggi che durano giusto il tempo di star bene. Come del resto è avvenuto tra la piccola Nicol e Gina. Due anime che dovevano solo incontrarsi, viversi giusto il tempo per rendere quel momento eterno.

- Nicol -

Erano passati tanti inverni dall'ultima volta che Paolo e Elena avevano sorriso. Come un lampo dal cielo era piombato nella loro vita un cataclisma, alto poco più di un metro e a cui volevano un gran bene. Ma era ora uno di quei bagliori che rischiarano la notte per la tanta luce, e che svaniscono con l'eco di qualche secondo nel boato dei cuori impazziti. Aveva sei anni Nicol quando iniziò a manifestare i primi problemi. Chiariamoci, esteriormente era sempre la stessa, una bambina dai capelli ricci e biondi, un visetto da mordere per quanto dolce e un corpo così minuto che per abbracciarla bastava un solo braccio. Un piccolo scricciolo da amare, ma che non sorrideva più. I suoi silenzi erano sempre più costanti e non era normale che questo avvenisse. C'era il buio nei suoi occhi. Paolo e Elena con l'inizio della scuola elementare avevano pensato che fosse stato il cambio di vita dall'asilo. Bisognava studiare e applicarsi con più costanza, ma era vero anche che quel cambiamento era avvenuto dalla sera alla mattina. Non riuscivano a capacitarsene, come nelle migliori favole Nicol sembrava essere stata colpita da un sortilegio. Un sortilegio dei più brutti, come quando rimane il corpo ma l'anima è strappata via in un altro punto della terra.

"Vestiti Nicol che dobbiamo andare a scuola"
Era come se fosse pietrificata, ferma immobile nei suoi pensieri e paure, ancora in pigiama guardando la mamma.

"Ti senti male Nicol, parla per piacere…. Hai qualcosa che ti fa male, indicamela con la mano se non vuoi parlare."

Un gesto indicò il basso ventre alla mamma, per intenderci dove stazionano le emozioni che ognuno di noi manifesta interiormente e di cui ne gode i benefici. Per lei era l'angoscia, il dover essere in un posto dove non voleva essere, dove qualcosa aveva strappato il sorriso dalle sue labbra minute.

Elena prese il telefono e compose il numero del marito Paolo.

"Paolo abbiamo un problema, Nicol non si vuole vestire e mi dice che gli fa male la pancia."

"Allora ha parlato, ti ha detto cosa gli fa male finalmente..." disse esterrefatto Paolo di risposta

"No, come tante volte me la indicato con la mano ma nulla di che. Ha un viso bianco come la carta, probabilmente deve aver preso l'influenza che gira. Solo che io non so come fare, tra mezz'ora devo essere in ufficio."
"Io invece non posso tornare indietro, il primo treno è tra due ore e poi stamattina ho la visita del grande capo da Helsinki."

Per Paolo e Elena le vite si erano fermate di colpo. Erano rimasti nel mezzo di un bufera, in cui vi era da una parte la pioggia battente del malumore di Nicol e dall'altra una speranza nel raggio di sole perso tra le nubi nere. Dovevano continuare a lavorare, ma dovevano anche capire cosa affliggeva la loro bambina. Le cose non potevano coabitare e gestire Nicol era diventato un problema.

"Elena facciamo una cosa, chiamo mia madre e gli dico se viene a guardarla questa mattina. Giusto il tempo che tu ritorni da lavoro e che io mi sbrigo questo incontro con il capo."

Cosi fecero, Elena salutò con un bacio sulla fronte Nicol e si avviò verso la porta di casa.
"Ascolta Nicol, la nonna sta arrivando e tu devi solo aspettarla. Puoi stare qui mentre giochi con Briciola finché non arriva."

Nicol in questo trambusto era rimasta attaccata solo al peluche che mamma e papà gli avevano regalato per il sesto compleanno. Aveva una stanza piena di giochi, aveva davvero bizzeffe di giochi che però negli ultimi mesi sembravano divorati dalla polvere.
Nicol prese tra le braccia l'orsetto Briciola e poi annuì con la testa, abbracciò la mamma e si mise a sedere davanti alla finestra della cucina.
I rumori della città in quel luogo erano lontani, una distesa di verde contornava la casa dove viveva la famiglia. Una piccola casa di campagna con un giardino pieno di fiori a contornare le mura e un

vialetto che immetteva al cancello d'ingresso. Là fuori c'era una strada che sembrava non portare più da nessuna parte, o almeno così era stato fino a quella mattina da qualche tempo. Il rumore della macchina di Elena superata la prima curva si fece sempre più leggero, Nicol era rimasta sola con il suo peluche e con i tanti quesiti che una mente, così piccola, non riusciva a decifrare.

-Gina-

La vita è strana, delle volte allontana gli affetti ma talvolta, come in questo caso, ci avvicina senza che ce ne rendiamo conto. C'è una forza che trasporta via i corpi, rendendo lo spirito di quella sostanza qualcosa che assomiglia alla speranza.

Nicol quella mattina era rimasta sola per gran parte del tempo, la nonna era incappata in un incidente e non l'aveva raggiunta così presto. Dopo poco che la mamma l'aveva lasciata un raglio l'aveva catapultata alla finestra, dove a bocca aperta aveva intravisto due occhi lucenti come smeraldi fissarla dalla parte opposta della strada.

Avete presente quei racconti in cui ad un certo punto spunta dal nulla il buono, impavido e coi capelli biondi in sella a un cavallo bianco a combattere con il cattivo? Di quelle favole dove un incantesimo ha stregato tempo e gesti delle persone, con il cielo sempre oscurato e promettente pioggia a catinelle? Di un tempo moderno dove il continuo progredire ha lasciato indietro i più bisognosi, di quella necessità oggettiva di riprendere in mano le proprie vite con l'aiuto di qualcuno che, dall'aspetto buffo ma dal profondo dell'animo, ti fa tornare il sorriso e la gioia di vivere la vita. Di quelle cose che non capisci perché avvengono, di come sono arrivate lì ma, soprattutto, del perché se ne vanno sul più bello.

Beh Gina era stato tutto questo quella mattina per Nicol e allo stesso modo era stato così al suo arrivo nella fattoria di Enrica e Adriano. O almeno così si poteva supporre, Nicol non parlava e Gina neanche. Si, poteva essere rappresentato in questa maniera nelle menti di qualche scrittore che, in preda a un raptus, volesse raccontare la sua storia.

Gina era un'asina che quando arrivò nella famiglia di Enrica e Adriano aveva solo tre anni. Nata a maggio del 2008 piombò nelle loro vite ad aprile del 2011 ed era una selezione particolare del grigio viterbese. Una rarità del sangue nel piccolo paese di Allumiere visto che solo la madre di Gina, morta qualche anno dopo, la sorella, morta di parto in età giovanissima, e la stessa Gina avevano quelle particolarità che le rendeva uniche nel loro genere.

Gli venne regalata da un signore di Allumiere con l'unico scopo di ripulire il terreno, diciamo di compagnia. Gina non era sola su quel terreno, a fargli compagnia agli inizi c'era una cavalla.

Enrica e Adriano non pensarono minimamente che Gina con il suo arrivo e con la veemenza dei fatti susseguenti, rivoluzionasse le loro vite. Non avevano il benché minimo sospetto di quello che stava per accadergli. Entrambi facevano altro nella vita, almeno fino al 2014, ma Gina era qualcosa di unico nei rapporti con gli umani. Nei suoi silenzi c'era tanto da raccontare, sulla sua schiena si ritrovava la tranquillità, e la quiete che trasmetteva spostava realmente gli equilibri emozionali di chi la frequentava. Penserete, ma era un'asina, come poteva essere possibile tutto ciò. Le rarità si manifestano nelle forme e nei modi più strani, talvolta goffi, altre solo interiori, ma di certo quanto fece Gina negli anni a seguire fu strabiliante.

Enrica, istruttore nell'onoterapia nel 2014 per poi con studi specifici, riconosciuti dalla Regione Lazio, prendere la qualifica di coadiutore dell'asino, cominciò a far frequentare a Gina i bambini. Da ex pulitrice di terreni Gina venne catapultata nel mondo della terapia, per i casi dove il contatto con l'asino poteva portare sollievo e per risolvere anche i casi fino ad allora senza soluzione. Gina era diventata la mamma silenziosa a cui confidare i pensieri più nascosti, a cui rivelare i segreti più inconfessabili.

L'Onoterapia è qualcosa di unico nel suo genere. L'asino è un animale che per le sue forme regala accoglienza, mette a suo agio l'umano che gli si avvicina. Le caratteristiche fisiche dell'asino unite alla pazienza, la morbidezza del pelo e i movimenti rallentati, permettono di entrare in comunicazione con lui.

Gina era qualcosa in più rispetto al normale, nei suoi occhi c'era la forza della vita e quell'abbraccio che le zampe non potevano dare, ma che donava telepaticamente al suo piccolo amico. Nei casi più disparati della medicina che vedono un essere umano porsi alla vita con un deficit motorio o mentale, era lì pronta ad aiutare e rendere il proseguo meno travagliato. Gina era stata apostrofata come la "Vecchia Signora Impicciona" dai suoi bambini, perché dal nulla balzava fuori e si intrufolava col muso nei loro discorsi. Era come se capisse ed era li pronta a dire la sua, coi gesti e quegli occhioni grandi come il cuore che le batteva in petto.

Gina e i suoi bambini nel tempo avevano costruito delle storie inspiegabili, o almeno cosi belle da lasciare con i sorrisi stampati sui visi e le lacrime sugli occhi per la commozione al lieto fine. Da una parte c'era sempre il sorriso perso e i silenzi a rintoccare forti nelle notti aggrappati sui loro cuscini, dall'altra Gina che li faceva rinascere da quel torpore. Quello che avveniva era magia, era un passo indietro nel tempo. Riportava tutto al minuto prima in cui era comparso il malessere, Gina era l'artefice di un miracolo emozionale in quel lembo di terra tra il parco Naturale della Frasca e il Santuario della Madonnina di Pantano.

Per Nicol era stato il bagliore che da tempo non vedeva. Il solo passare lì davanti l'aveva fatta sentire bene e, col sorriso sulle labbra come da tempo non accadeva, l'aveva salutata. L'aveva fatto fino a sbracciarsi da quella finestra, inneggiando Briciola cosi in alto verso il cielo che sembrava volare. Gli aveva dato appuntamento al più presto.

L'ombra di Gina lasciava la sua visuale e alla porta un rumore di chiavistello gli indicava che qualcuno stava entrando. Era la nonna.

-Gina e Nicol: una giornata particolare-

Accadeva di rado che l'intera famiglia era a tavola alla stessa ora. Nicol di solito mangiava con la mamma mentre il papà, che prendeva da Roma il treno tardissimo, di solito mangiava dopo. Quella sera Paolo era rientrato presto, preoccupato per il mal di pancia della figlia aveva anticipato il suo rientro.

"Come stai Nicol, passato il mal di pancia?"
La bambina fissando il papà aveva annuito, quasi abbozzato un sorriso per poi:

"Stamattina mentre aspettavo la nonna è passato un asinello in strada. Di chi è?"

I genitori scrollarono quasi contemporaneamente le spalle, non avevano idea di chi fosse quell'asino ne chi fosse il padrone.

"Qui è pieno di animali, sarà di qualche contadino nei paraggi."

"Non credo papà sia di un contadino, c'erano un signore e una signora con lei"

"Come fai a sapere che era una femmina?"

Il padre incuriosito per la tanta loquacità della figlia aveva continuato il discorso. Era tempo che non avveniva, di solito Nicol si limitata a poche parole in fila.

"Perché aveva due occhi lucenti come la mamma, poteva essere solo una femmina quindi"

"Brutta impertinente, quindi i miei occhi sono brutti.."

Una risata fragorosa aveva riempito la stanza con Nicol pronta a scusarsi

"No, no, anche i tuoi sono belli. Ma quelli della mamma di più"

Nicol si era alzata e aveva abbracciato i genitori, ma era già tempo di andare a letto.

Nicol come tutte le sere alle 22 aveva salutato i genitori e, infilato il pigiama, si era affidata con Briciola vicino al petto alle braccia di Morfeo.

Paolo e Elena rimasti soli in cucina si era guardati negli occhi, giusto il tempo per dire quasi insieme

"Ma chi avrà visto stamattina Nicol di cosi bello da farla sorridere"

Erano poi scoppiati in una risata, avevano avuto lo stesso pensiero. Ora c'era da capire solo da dove provenisse, di chi fosse. Tutte le cure, gli incontri con specialisti e neurologi di fama non avevano cavato un ragno dal buco. Internet è un mondo che, se usato con intelligenza, dà risposte sensate e aiuta in caso di ricerca di qualcosa. Lo fà in maniera neutra se non c'è bisogno di attribuirgli delle risposte per se stessi, se non si vuole la soluzione letta su un display. Per quello c'è la presenza, la realtà e la magia di un momento.

"Elena guarda qui, potrebbe essere Il mondo di Gina... onoterapia... Sono qui a meno di un chilometro, fanno anche feste e momenti ludici per i bambini."

"Potrebbe essere lei. Paolo perché non li chiamiamo, le abbiamo provate tutte con Nicol... magari questa è quella giusta."

Preso il telefono chiamarono.

"Si pronto mi chiamo Paolo, scusate per l'ora spero non siate già andati a letto. Abbiamo trovato il vostro recapito sulla pagina social del Mondo di Gina. Sa, nostra figlia dice di aver visto un asino stamattina davanti casa... noi abitiamo in via Aurelia vicino alla Frasca e vedo che voi siete nei pressi"

"Buonasera Paolo sono Enrica, per la precisione era un'asina e si chiama Gina. Potremmo essere stati noi, stamattina siamo passati davanti a casa sua in effetti."
"Allora aveva ragione mia figlia quando mi diceva che era femmina, sa dice che l'aveva riconosciuta perché aveva due occhi luminosi come la sua mamma..."

Scoppiarono entrambi a ridere, i loro destini si erano incrociati in maniera strana ma forse risolutiva per i problemi di Nicol.

"Enrica abbiamo un problema con nostra figlia. Deve essergli successo qualcosa, non sorride più ed è sempre malinconica. A scuola non apprende, sembra che viva in un mondo tutto suo. Prima non era cosi, d'un tratto è cambiata, ha paura di tutto e tutti. L'incontro di stamattina con la sua asina gli ha tirato fuori un sorriso che da tempo non vedevamo. Ho letto che pratica l'onoterapia, magari potrebbe aiutarci."

"Si con Gina qui al centro pratichiamo l'Onoterapia, vengono tanti bambini a trovarla ogni giorno. Domani sono libera alle 9, potreste venire a trovarci"

"La chiamo tra due minuti, parlo con mia moglie prima"

Non passò neanche un minuto, quaranta secondi per l'esattezza, che Paolo richiamò Enrica.

"Anche Elena è d'accordo. Ci vediamo domani mattina, annulliamo la prenotazione con il medico a Siena del pomeriggio e siamo da voi."

"A domani, vedrete che Gina l'aiuterà"

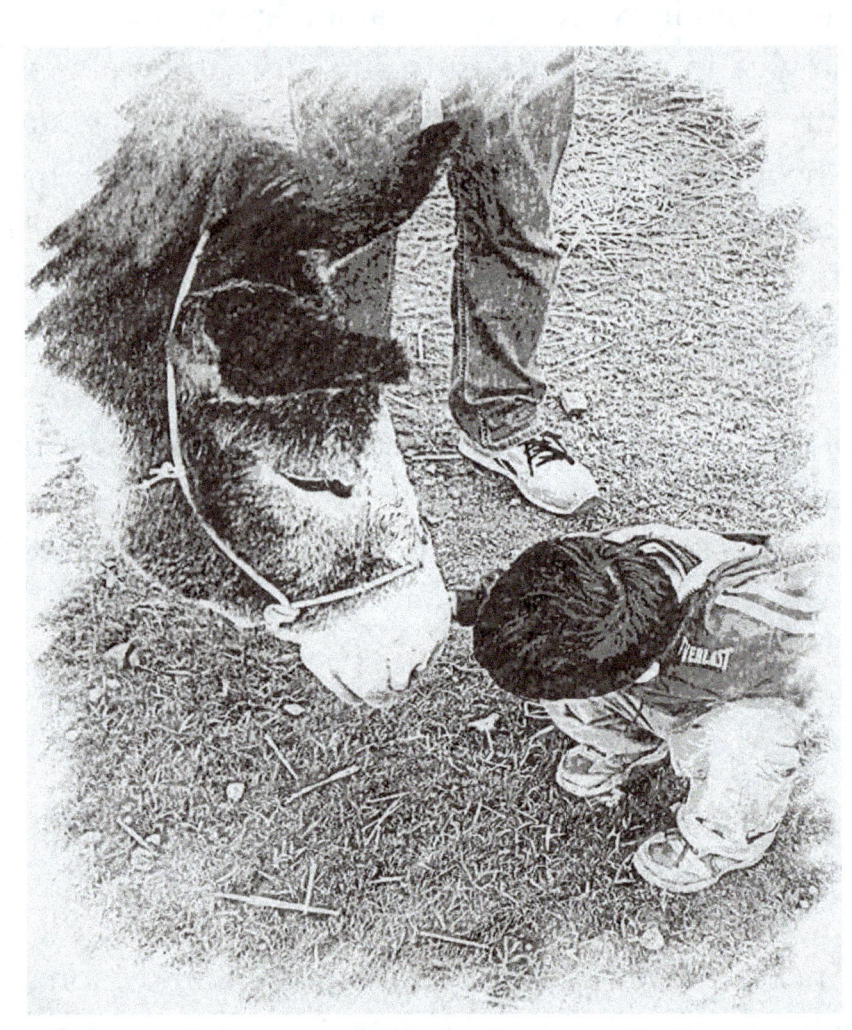

-Il primo incontro-

La notte per Nicol era iniziata in fretta, aveva poggiato la testa sul cuscino per poi crollare nel sonno più profondo nel giro di qualche minuto.

Una notte strana, travagliata, piena di sogni e sobbalzi nel letto. La mamma era corsa più volte in cameretta, Nicol aveva attirato la sua attenzione a più riprese con un vociare, quasi delle grida, cosi alte che sembrava di essere a mezzogiorno nel mercato del quartiere.

Nicol semplicemente sognava, rimuginava e riviveva quanto gli era accaduto quel maledetto giorno in cui aveva perso la sua tranquillità. Pochi gli attori protagonisti in quella storia sotto la luna nella notte, c'era Nicol da un parte con di fronte l'ombra del suo problema, e a qualche metro Gina, lì a fissare tutta la scena.

"Nicol svegliati…"

Erano le otto del mattino, del giorno che avrebbe cambiato tre vite intere.

"Non voglio alzarmi…"

"Dai che tra un'ora c'è Gina che ci aspetta."

Nicol solo a sentir pronunziare la parola Gina era sobbalzata a sedere sul letto, e con il sorriso sulle labbra aveva subito chiesto

"Gina chi?"

"L'asinella che hai visto ieri passare dalla finestra, dai che tra un'ora abbiamo appuntamento con lei e i suoi padroni"

Nicol si era alzata come un fulmine dal letto, come il vento che porta via tutto quanto imperversa nelle giornate di maestrale, si era catapultata in bagno, si era lavata, sistemata e vestita per poi correre a fare colazione.

Seduta davanti al tavolo della cucina disse

"Dai mamma mettimi il latte, corri che Gina ci aspetta."

La colazione era stata divorata in un baleno, ora c'era solo da aspettare la partenza.

Loquace più del solito Nicol aveva chiesto mille cose nel tragitto da casa alla fattoria, aveva voluto sapere chi fosse Gina, chi fossero i suoi padroni e perché il giorno prima era passata davanti a casa sua. I genitori non avevano tutte quelle risposte, anzi non ne avevano nessuna, era stato così strano quel succedersi di eventi che erano rimasti anche loro con mille domande nella testa.

Erano arrivati dopo neanche mezz'ora di macchina, davanti al cancello d'ingresso gli si apriva un nuovo mondo.

Scesi dall'auto erano stati accolti da Enrica e Adriano.

"Buongiorno, tu sei la bambina che ieri ci ha salutato dalla finestra?"

Nicol, spaesata per quella domanda, si era aggrappata alla gonna della mamma in cerca di protezione. Era durato poco quell'imbarazzo, intorno c'era veramente un mondo che andava esplorato con gli occhi di un bambino. Un verde lucente tratteneva a terra come per magia una miriade di cose nuove, animali di tutti i generi a spasso per il prato che lasciavano a bocca aperta. Una casetta accogliente e calda, a lato dei recinti creati per le ore notturne, era il luogo dove i genitori di Nicol e Enrica si recarono per parlare un po'.

Nicol invece rimase a pochi metri da quella casetta, i suoi occhi cercavano disperatamente dove fosse Gina.

"Che succede a Nicol, spiegatemi."

Per Paolo ed Elena raccontare tutto era stato come una liberazione. Era l'infinitesima volta che lo facevano, quell'appuntamento con Enrica era il quindicesimo dei tanti da quando Nicol si era ammalata di solitudine, ma erano coscienti e sicuri che questa fosse la volta buona.

"Nicol dopo qualche giorno che ha iniziato la prima elementare è tornata da scuola piangendo. Noi in quel momento non abbiamo dato peso alla cosa, capita che per un impegno scolastico più gravoso si possa cadere in qualche ripensamento, o si pensi di non farcela. Ma più i giorni passavano e più Nicol cambiava, ogni giorno era sempre più triste, aveva smesso anche di mangiare. In quel momento ci siamo iniziati a preoccupare e siamo andati a scuola per parlare alla maestra, magari lei aveva notato qualcosa in più rispetto a noi. Un buco nell'acqua con Nicol che cominciava ad avere paura di tutto, persino della sua ombra. Abbiamo contattato tre medici, consigliati dal nostro pediatra, per uscirne fuori. Non è servito a nulla, Nicol è sempre più introversa da allora."

I discorsi nella casa erano fitti come la nebbia, così come quelli di Nicol con gli animali, sfacciatamente chiedeva a tutti quelli che incontrava come si chiamavano, per poi, senza ricevere risposta, passare ad accarezzarli e andar oltre. Enrica da far suo era convinta che la bambina avesse un blocco, qualcosa doveva averla turbata, e che Gina, dall'aspetto così goffo ma tranquillizzante, poteva aiutarla a superarlo. I genitori in cuor loro lo speravano, quell'incontro era piombato dal cielo e poteva essere risolutore.

Nicol invece, accompagnata da Adriano, dopo aver

conosciuto ad uno a uno gli animali della fattoria era impaziente di conoscere Gina.

"Posso vedere Gina?"

Adriano l'aveva lasciata per ultima l'asina, era la ciliegina sulla torta di quel lungo conoscersi, e Gina, col muso sopra la staccionata, sembrava la stesse aspettando. L'incontro fu intenso, gli occhi di Nicol e quelli di Gina si fissarono a lungo prima che la bambina disse qualcosa. Si scrutavano l'una con l'altra, un feeling tra umani e animali che si intersecava come la speranza dei genitori nel rivedere Nicol spensierata come prima. La bambina allungò una mano e accarezzò il folto pelo di Gina, un tepore che dava tranquillità, con il muso del l'asina a sfiorare i capelli di Nicol che fece il resto. Un momento che durò solo qualche minuto ma che sembrò un'eternità, interrotto solo dalle voci dei grandi che stavano arrivando.

"Che ne pensi di Gina, hai sentito che bel pelo ha?" Enrica con voce dolce, come là si usa per tranquillizzare qualcuno, aveva chiesto il parere di Nicol. La bambina con un sorriso sul viso, stampato a festa come un francobollo da celebrazione, aveva risposto di sì accarezzando il muso di Gina.

"Se vuoi puoi venire oggi, così conosci altri bambini e giochi un po' con loro."

Nicol annuì col capo, poi col cuore in gola per l'emozione fece un passo indietro. Nel tornare all'auto seguirono altri incontri con gli animali presenti in fattoria, sembrava una processione con ad ogni stazione una marea di coccole per i piccoli pelosi, poi Nicol, quasi supplicata dai genitori visto che si era fatta l'ora di pranzo, era stata costretta a salutare tutti. Nel ritorno a casa aleggiava in auto un altro spirito, forse si era alla conclusione di quel trambusto emotivo in Nicol.

-L'Animo-

Il pranzo fu velocissimo, Nicol in pratica lo divorò. Aveva impazienza nel tornare da Gina e, finito l'ultimo boccone, incominciò ad incalzare i genitori.

"Quando andiamo da Gina?"

C'era tanto da fare, l'onoterapia è basata sul contatto dell'asino e la sua proverbiale pazienza, che, con l'aiuto dell'umano a guidarlo, trasporta in uno stato mentale dove si ritrova tranquillità ed equilibrio.
Passarono due mesi da quel giorno, incontri che si susseguivano ad intervalli regolari e che schiudevano la mente di Nicol. Era ancora turbata ma qualcosa si stava schiudendo nel suo animo, ora era quasi pronta per rivelare cosa gli fosse successo. Il contatto con Gina pelle a pelo, come nei cartoni animati dove gli animali si strusciano al personaggio umano in splendidi abbracci, unito al salire in groppa all'asina per lunghe cavalcate, con l'animale alla fune della terapista Enrica, stava dando i suoi

frutti. Esercizi che si susseguivano con il ritrovamento dell'attività motoria a contatto della schiena dell'asina e con il contatto con il muso dell'animale stesso. Si era creata una simbiosi unica, un'anima sola in due corpi separati.

Importante era stata la convivenza con gli altri bambini, un cumulo di frugoletti che regolarmente assiepavano il Mondo di Gina. C'era chi era lì per tornare in se dopo un periodo travagliato, e chi semplicemente per svago. Nicol passava ore a contatto con la natura, lontano da quanto il consumismo ha ridotto, se non tolto completamente, nella vita moderna di ognuno. La semplicità di essere all'aria aperta, a contatto con quegli esseri che nei secoli non hanno perso nulla della splendida essenza per cui sono stati creati.

Per Nicol era giunto il tempo di raccontare quanto gli fosse successo quella mattina nel piazzale antistante la scuola. Provenire dal mondo fatato dell'asilo, casto e puro col solo gioco come obbiettivo, incappando in Marco molto più grande di lei, per di più con fare minaccioso, era stato un shock. Evento che per sua sfortuna si era ripetuto anche nei giorni seguenti, fin quando, regolarizzando gli orari in cui ogni classe entrava ed usciva in maniera separata, era scomparso. Per tutti ma non per Nicol, il suo animo era rimasto ferito da quanto accadutogli.

Per sua sfortuna all'età di sei anni era incappata in ragazzi più grandi, molto di più visto che anche i ragazzi delle medie transitavano per quel piazzale.

Ma era giunto il tempo di uscirne..

"Se vuoi salutare Gina che mamma e papà ti aspettano per tornare a casa."

Enrica glielo leggeva negli occhi che qualcosa stava per uscire definitivamente da quel corpo.

La mamma di Nicol si stava avvicinando per mettergli la giacca e riportarla a casa, fu fermata da Enrica e invitata ad aspettare.

"Aspetta Elena che forse ci siamo, non dire una parola."

A pochi metri assistettero alla confessione di Nicol alla sua amica Gina, dieci minuti fitti di parole da una parte e da sguardi di Gina increduli dall'altra.

Gesti che mimavano uno strattone e il piombare a terra subito dopo, ripetuti costantemente per svariate volte. Poi, occhi negli occhi, Nicol aveva abbracciato Gina fissandola come lo si fa solo tra figlio e madre, liberando un pianto liberatorio. Gina immobile aveva ascoltato per filo e per segno quanto Nicol gli aveva detto, osservando minuziosamente il gesticolare della bambina, per poi avvicinare il muso al viso e crollare anche lei in un pianto. Incredibilmente scesero delle lacrime a Gina, di gioia e travaglio per quanto era successo alla sua amica umana. Erano libere entrambe di quel peso, finalmente.

"Possiamo andare mamma…"
Enrica prese da parte la mamma di Nicol e la invitò a non chiedere nulla, glielo avrebbe raccontato lei stessa. Ne era convinta.
Arrivate a casa e sedute al tavolo per la cena parlarono del più e del meno Elena e Nicol, fin

quando arrivato a tavola anche il padre, all'oscuro di quanto fosse successo, la bambina prese la parola.

"Vi devo raccontare una cosa…"

Elena sobbalzò ricordando le parole di Enrica di attendere la confessione, e accennando a Paolo di ascoltare, perché forse stava finendo un incubo, invitò Nicol a parlare.
"Dicci Nicol ti ascoltiamo…"

"Un bambino delle scuole medie il primo giorno di scuola mi ha spinto in terra e mi sono fatta molto male. I suoi amici si sono poi messi a ridere e mi hanno anche rubato la merenda. Per tanti giorni è successo, solo a me la rubavano la merenda. Mi hanno scritto sulle mani delle parolacce, per pulirle mi sono anche fatta male…."

Nicol scoppiò in un pianto liberatorio, la sua anima era libera ma ora per Paolo ed Elena c'era da ricorrere ai ripari perché non succedesse più. I genitori abbracciando Nicol la tranquillizzarono

"Ora ci pensano mamma e papà..."

Era stato qualcosa di unico, Gina con la sua pazienza, amorevole pazienza, i gesti goffi e quegli occhioni grandi, come il cuore che le batteva in petto, aveva liberato Nicol dalle sue paure.
La strada era ancora tanta, ma ora si poteva agire di conseguenza.

-Conclusioni-

Quella raccontata è una storia dei nostri giorni, diciamo più una fiaba, fortunatamente con un lieto fine.   Non sempre è cosi. E' stato un intreccio d'affetti tra una bambina e un'asina, con la magia dell'anima come filo conduttore. Una storia vera che Gina, Enrica, una bambina e i suoi genitori hanno vissuto sulla loro pelle.   Io l'ho semplicemente romanzata e resa accessibile a qualunque tipo di lettore, grande e piccino, omettendo i nomi reali della paziente, dei genitori e, soprattutto, la causa che ha generato il malessere interiore. Ho avuto l'onore di raccontare la loro storia, in parte fantasiosa e in parte reale, ma ce ne sarebbero altre e mille da mettere nero su bianco.

Vi domanderete: ma chi era Gina? Perché nel suo breve trascorrere sulla terra ne ha voluti aiutare veramente tanti di bambini, portatori d'handicap, insicuri, persone con problematiche di cuore e affetti di tante altre patologie?

Posso dire che Gina era semplicemente un'essenza che fortunatamente non aveva la mente umana, era un'asina e non si chiedeva se poteva trarne beneficio da un gesto. Soprattutto era guidata da due persone, Enrica e Adriano, che di questa essenza ne hanno fatta la loro vita. Gina gli è praticamente caduta dal cielo, loro ne hanno solo beneficiato mettendola al servizio della comunità.

L'ho vissuta, seppur in maniera marginale, la storia di Gina in questi anni, e mi chiedo: servirebbe raccontarne altre di storie, mettendo a nudo i tanti soprusi e mali che infangano la vita dei nostri bambini? All'infuori delle patologie congenite o di salute che potrebbero colpire chiunque di noi, raccontare dei gesti materiali che deviano una mente e delle conseguenze che indirettamente generano, è veramente necessario? C'è bisogno che ne scriva delle altre?

Credetemi servirebbe a poco, magari porterebbe alla luce fatti che l'opinione pubblica ha deciso di cancellare o rendere invisibile.

Se non iniziamo a cogliere nel nostro spirito il precipizio senza ritorno in cui ci ha portato la noncuranza dell'era moderna, non servirebbe a nulla. Dovremmo riflettere di quel qualcosa che ha scatenato il malessere alla bambina, e cosa Gina con il semplice tocco sulla pelle e il suo naturale porsi è riuscita a debellare nella sua mente. Dovremmo riflettere, ma di tempo per gli altri ne abbiamo poco. Ne troviamo poco, precisiamo.

Ci manca quel qualcosa che, attimo dopo attimo, non ci fa essere più "umani" con chi abbiamo di fronte.

Purtroppo non sempre si riesce a ridare un sorriso a un bambino, o a chi ne ha bisogno in quel momento della vita. Gina ci riusciva a prescindere, la sua quiete con il modo unico di interporsi con gli umani la rendeva unica.

Ora, da Dicembre 2019, ci ha lasciato per sempre in una notte fredda per le anime di tanti. Voglio pensare che, compiuta la sua missione, è emigrata con lo spirito altrove.

Sicuramente ha lasciato al suo posto i suoi due figli Pia e Tortellino.

Non lo avrei mai scritto se non avessi conosciuto Gina nella realtà, quegli sguardi ti riportavano in vita l'anima.

Ciao Gina…..

Il Mondo di Gina

Da fine Gennaio del 2020 ci siamo trasferiti a Montalto, per la precisione Strada della Sugarella snc.

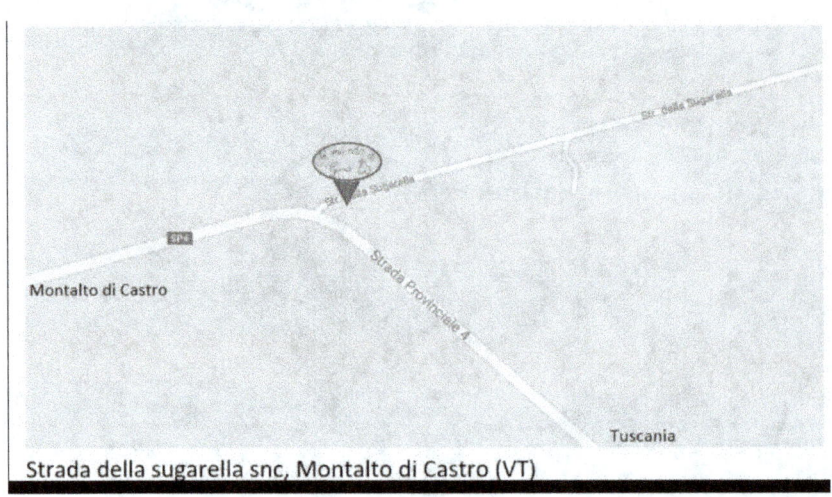

Strada della sugarella snc, Montalto di Castro (VT)

Per informazioni:
Ilmondodigina@libero.it
Enrica Jasinski 3334281903
Facebook Il Mondo di Gina ODV
https://www.facebook.com/groups/4824673252240
05/?ref=group_header

LA VITA

In piedi o a cavalcioni
sul dorso della vita come un trapezista, cogli
quel qualcosa che ti avvicina al cielo
a toccare l'ultimo desiderio espresso, mai
quello che presumi ti faccia cadere
o perdere l'ultimo treno della vita, di occasioni
in una stazione nelle tenebre senza nome
col capotreno stanco ad aspettare la sera, ne avrai
senza che tu cada
o ti faccia spingere altrove, credici.

Maurizio Spreghini (Rubiath70)

Onoterapia

Cos'è l'Onoterapia, in che consiste?
Nelle pagine seguenti, tratte dal portale web di Wikipedia, ne troverete una spiegazione approfondita. Poi, per qualsiasi dubbio a riguardo, vi basterà chiedere ai diretti interessati.

Nell'ambito degli interventi assistiti con gli animali (IAA), gli asini entrano a pieno titolo tra gli animali adatti al lavoro terapeutico-relazionale. È un animale, infatti, che da subito regala accoglienza, calda protezione, sicurezza e affidabilità. Inoltre, le caratteristiche fisiche proprie dell'asino quali la taglia ridotta, la pazienza, la morbidezza al tatto, la lentezza di movimento e tendenza ad andature monotone, consentono di entrare in comunicazione con il paziente attraverso il sistema asino-utente-operatore. Il ruolo di quest'ultimo è quello di facilitare la comunicazione e la conduzione dell'animale.

In passato, per verificare la presenza di un'empatia tra l'uomo e l'asino, è stato condotto un esperimento che ha coinvolto 176 bambini tra i nove e i dieci anni d'età che non avevano mai avuto contatti con questa specie animale. L'esperienza consisteva nel fatto che i ragazzini dovessero comprendere gli stati emotivi dell'asino dopo che avessero ricevuto degli stimoli positivi e negativi. I risultati dimostrarono che, non solo i bambini compresero correttamente le emozioni dell'animale, ma inoltre provarono una forte empatia verso il dolore provato dall'asino. L'asino è quindi adatto a tutti gli interventi assistiti anche perché induce a una certa empatia.

L'asino è particolarmente idoneo a tutti gli interventi di assistenza anche per le sue dimensioni fisiche e per il suo comportamento. Per quanto riguarda il primo aspetto, ciò che lo rende diverso dagli altri animali, utilizzati per gli interventi assistiti con gli animali, è la sua grandezza, che gli permette di offrire accoglienza e protezione. Inoltre, il contatto diretto può avvenire non solo attraverso l'abbraccio da terra, ma anche mediante la cavalcata, che può avvenire in diversi modi (di pancia, di fianco). Ad esempio, appoggiando tutto il corpo sulla schiena dell'animale fino ad avvolgere tutto il suo collo. In questa posizione si ottiene un contatto fisico particolarmente stretto, attraverso il quale il paziente può sentire il calore dell'animale e il ritmo del suo respiro. Questa tipologia di relazione richiama le cure parentali in cui si era cullati, coccolati dalla mamma.

Un altro aspetto molto importante è appunto il comportamento di questo animale. L'asino è infatti poco irruente nei confronti dell'uomo, si avvicina a lui con curiosità, con prudenza e con delicatezza, senza invadere il suo territorio. Un'altra caratteristica molto importante è che rimane fermo, non scappa: questo aiuta il paziente ad avvicinarsi a lui con sicurezza e con tranquillità.

L'asino ha anche il pelo che può essere toccato e accarezzato e queste azioni donano una sensazione di piacere. Toccare e ed essere toccati ricorda i nostri momenti di intimità con la figura di attaccamento e fisiologicamente ha una funzione tranquillizzante.(Montagu, 1971).

Infine, questo animale possiede delle caratteristiche neoteniche, come grandezza degli occhi e della testa, che generano negli esseri umani una propensione a prendersi cura di lui.[3]. Morris a questo proposito sostiene che: " Molto probabilmente sono i meccanismi di memoria genetici a far sì che siano proprio gli animali-umani adulti (non solo bambini) a prediligere forme neoteniche".